1347

# LE TEMPLE

## DE

# L'IMMORTALITÉ.

## ODE

## A MONSEIGNEVR

# LE DAVPHIN.

A PARIS,

Chez PIERRE LE PETIT Imprimeur & Libraire ordinaire du Roy,
& de l'Academie Françoise, rue saint Iacques, à la Croix d'Or.

M. DC LXXIII.

*AVEC PRIVILEGE DE SA MAIESTÉ.*

# LE TEMPLE

## DE

# L'IMMORTALITÉ.

*O D E,*

## A MONSEIGNEVR

## LE DAVPHIN.

Igne Fils du plus digne Pere,
Et du plus Sage Potentat,
A qui la Fortune prospere
Ait commis le soin d'vn Estat :
Vous, qui dans l'éclat de sa vie,
Dont toute la Terre est ravie,
Trouvez vn modelle si beau ;
Daignez oüir vne avanture,
Qui veut qu'à la race future
J'en laisse vn fidelle tableau.

✽

*Au point que la Nuit se retire ;*
*Que l'Olympe devient vermeil,*
*Et que l'Aurore & le Zephyre*
*Inspirent le plus doux sommeil :*
*D'un vol plein d'une noble audace*
*Au plus haut sommet du Parnasse*
*Je me suis senti transporter ;*
*Où mes yeux ont veu des merveilles,*
*Qui vont enchanter vos oreilles*
*Et qu'à peine on peut raconter.*

✽

*D'abord , au bout d'une avenuë*
*Dans un bois touffu d'arbres verds ,*
*S'est offert un Temple à ma veue*
*Qui fut fait avec l'Univers.*
*J'y cours : j'admire sa structure.*
*L'Art y surpasse la Nature :*
*Tout y tient de l'enchantement :*
*Et cette foy n'est point suspecte ,*
*Qui me dit que son Architecte*
*Est le Maistre du Firmament.*

Ses Murs font faits d'vne matiere
Plus dure que les diamans ;
Qui demeure toûjours entiere
Malgré les injures des Ans.
Il n'eſt rien que je luy compare,
Ny jaſpe, ny marbre de Pare,
Ny Porphyre le plus poli.
Par cent admirables colomnes,
Qu'entourent de riches couronnes,
Le frontiſpice eſt embelli.

Le Portail, par les Pierreries
Dont il brille de tous coſtez,
Des vives fleurs de nos prairies
Surpaſſe les diverſitez.
Aux quatre coins, d'or éclatantes
Quatre Images preſque parlantes
Y repreſentent quatre Sœurs,
La Rhetorique, & la Sculpture,
La Poeſie & la Peinture
Avec tous leurs traits enchanteurs.

Sur le haut faîte de ce Temple
S'esleve vne Figure d'or ;
Qui semble, plus on la contemple,
Tousjours preste à prendre l'essor.
A ses cent bouches, à ses ailes,
A ses regards pleins d'estincelles
Dont elle observe l'Vnivers ;
J'ay reconnu cette Déesse
Qui porte & rapporte sans cesse
Tous les Evenemens divers.

Plein du plaisir qui me transporte,
Et par vn divin mouvement,
J'approche la superbe porte
De cet auguste Bastiment.
J'en veux penetrer les mysteres ;
Quand j'y lis en gros caracteres :
TEMPLE DE L'IMMORTALITE',
PROPHANE LOIN D'ICY.       J'arreste :
Et crois, desja que tout s'appreste
A punir ma temerité.

*A l'inſtant cette Porte s'ouvre,*
*Et je n'en crains plus le refus:*
*Aux threſors qu'elle me découvre*
*Je ſuis immobile & confus.*
*Vne clarté toute divine,*
*Qui ſans eſbloüir illumine,*
*Au dedans du Temple reluit;*
*Telle, que la diſpenſe au Monde,*
*Quand ſa figure eſt la plus ronde,*
*L'Aſtre qui preſide à la Nuit.*

*Guidé d'vne clarté ſi pure,*
*Et par d'invincibles attraits;*
*Je m'avance & je me raſſûre*
*Pour voir les objets de plus prés.*
*L'Edifice eſt de forme ovale:*
*On ne conçoit rien qui l'egale*
*En ſymmetrie, en ornemens.*
*Du Pavé, le Rubis d'élite,*
*L'Eſmeraude & la Chryſolite*
*Font les divers compartimens.*

Tant de merveilles à ma veuë
Viennent d'abord se presenter
Qu'elle demeure suspenduë
Et ne sçait plus où s'arrester.
Je l'esleve enfin vers la voute
La Peinture s'espuisa toute
Pour y faire vn tableau des Cieux;
Et l'ame d'aise possedée
S'en forme vne si belle idée
Qu'elle croit estre avec les Dieux.

Dans ce sacré sejour de Gloire
Est la source des vrais plaisirs;
Le Nectar qu'on y donne à boire
Esteint tous les autres desirs.
C'est là que le souverain Maistre
Tel qu'il est se fait reconnaistre
Dans vne pleine Majesté:
Des autres Dieux il fait la joye;
Et des rayons qu'il leur envoye
Ils tirent toute leur beauté.

L'Autel

L'Autel, d'vne divine adreſſe,
Fut taillé d'vn ſeul diamant.
Vn Feu clair y bruſle ſans ceſſe
Et s'entretient ſans aliment.
Depuis l'Autel juſqu'au portique
S'eſtale vn ordre magnifique
De Pilaſtres d'Or le plus pur ;
Qui dans leurs diſtances eſgales
Font voir par certains intervales
Les murs peints d'vn celeſte Azur.

Dans ces murs, plus beaux & plus rickes
Qu'on ne le peut imaginer,
Eſt vn nombre infini de niches
Qu'vn mortel n'a pû façonner.
Tout le long de leur eſtendue
Dans chacune on voit la Statuë
D'vne Heroine ou d'vn Heros ;
De qui les ames magnanimes,
Pour monter à ces rangs ſublimes,
Quitterent le honteux repos.

B

Auprés de ces belles Statues
Sont mis des tableaux animez,
Des actions les plus connues
Des Hommes les plus renommez.
Ce qu'Alcide sceut entreprendre ;
Ce que Cesar, ce qu'Alexandre,
Par mille gestes esclatans,
Soit dans la paix, soit dans la guerre,
Ont executé sur la Terre,
S'y voit selon l'ordre des Temps.

Mais ce que Rome, & que la Grece
Eurent de grand, de glorieux,
Ne surpasse point la sagesse
Ny la valeur de vos Ayeux.
Quel autre plus qu'vn Merouée
Eut l'ame aux travaux devouée ;
Plus que nos Clovis, nos Martels ;
Que nos Louis, qu'vn Charlemagne
A qui leur fidelle compagne
La Vertu, donna des Autels.

J'obſerve de la Monarchie
L'ordre & les progrés differens,
Et ſa longue Hiſtoire enrichie
Des hauts faits de nos Conquerans.
J'y voy les fortunes diverſes,
Les Victoires & les traverſes
De nos auguſtes Souverains ;
Et les actions plus qu'humaines
De tant d'illuſtres Capitaines,
Qui ſeconderent leurs deſſeins.

Du grand Henry la noble Image,
Et celle de ſon Succeſſeur,
Attirent mon dernier hommage,
Et par mes yeux charment mon cœur.
J'admire l'vn de ces Monarques
Dans les champs d'Yvry, dans ceux d'Arques,
Mettre la Revolte aux abois ;
Reduire cent villes rebelles,
Que des factions criminelles
Avoient ſouſtraites à ſes loix.

De fa Couronne reconquife
Le jufte & le digne Heritier
De l'honneur qui l'immortalife
Y fuit le penible fentier.
Je l'y voy calmer les tempeftes
Que du cruel Monftre à cent teftes
Excita le fouffle empefté;
Et fecondé par fa Fortune
Donner des chaifnes à Neptune
Dans fon fort le plus redouté.

Aprés cette Hydre terraffée
Il abbat l'Aigle & le Lion,
Qui par leur fureur infenfée
Fomentoient la Rebellion.
Tout cede au bonheur de fes Armes,
Son feul Nom répand les alarmes
Dans les cœurs les plus obftinez;
De cent lauriers orne la France;
Et laiffe à fon Fils la femence
Des premiers qu'il a moiffonneZ.

Je le cherchois ce Fils Auguste
Dans le rang de ces Demy-Dieux,
Ce Fils si vaillant & si juste,
Et plus grand que tous ses Ayeux.
Lors que la sçavante Déesse,
Qui des beaux Arts est la Maistresse,
Et n'aime pas moins les combats,
Du Ciel dans le sein d'une nue
Au sacré Temple descendue
Vers l'Autel adresse ses pas.

Trop heureux mortel, me dit-elle,
Qu'on met entre nos Favoris,
Vien voir quelle pompe immortelle
On dresse au Roy que tu cheris.
Aussi-tost il s'offre un spectacle
De qui je ne sçay quel obstacle
M'avoit desrobé les douceurs :
C'estoit Apollon dans sa gloire,
Accompagné de la Victoire,
Avec les neuf charmantes Sœurs.

Desque Minerve eut pris sa place,
La Victoire ouvre ces propos.
Tandis que LOVIS se délasse
Et me donne quelque repos;
Je viens vous porter en personne,
Pour en accroistre sa Couronne,
Le plus beau de tous ses Lauriers;
Et je laisse à la Renommée
A rendre la Terre charmée
Du bruit de ses travaux guerriers.

Aux bords de la fertile Meuse
Sur le Batave enorgueilli
Par vne entreprise fameuse
Ce Laurier vient d'estre cueilli.
Il le crût, ce Peuple indocile
D'vne conqueste moins facile
Que ne fut jadis la Toison;
Mais par plus d'vne illustre marque
Sçavoit-il pas que ce Monarque
Estoit plus vaillant que Iason?

Iufqu'à ce jour fans refiftance
Ie l'avois veu ce Conquerant
Par la Terreur qui le devance
Prendre les Villes en courant.
Fier d'vne force non commune
Maftric crût feul de fa Fortune
Arrefter la rapidité ;
Mais à l'efclat de fon Efpée
On a veu bien-toft diffipée
Cette aveugle temerité.

En vain pour repouffer l'orage
Il avoit muni fes rampars :
En vain il a mis en vfage
Ses feux, fes foudres, & fes dards.
Il n'eft rien que LOVIS n'affronte :
Il n'eft peril qu'il ne furmonte :
Son Genie efclate par tout ;
Prudent, voit tout ce qu'il doit faire ;
Hardi fans eftre temeraire
Execute ce qu'il refout.

J'ay veu sous ses heureux auspices
Ses fidelles Imitateurs,
Ses Guerriers sur des precipices
Marcher ainsi que sur des fleurs.
Ces gouffres cachez sous la terre,
Où se forme vn nouveau tonnerre
Qui les menaçoit du trépas,
N'ont jamais esbranlé leur ame ;
Et la Gloire qui les enflâme
Leur y fit trouver des appas.

Encor que le Ciel s'interesse
Pour les beaux jours de ce grand Roy ;
A le voir s'exposer sans cesse
J'ay cent fois frissonné d'effroy.
Cent fois j'ay veu ce fier Monarque
Outré, que devant luy la Parque
De ses soldats tranchast la fleur ;
Ioncher de corps, & rougir l'herbe
Du sang de l'Ennemy superbe
Qu'il immoloit à sa douleur.

Tel

Tel ne me parut point Achille
Dans son plus violent transport,
Quand sur Hector & sur sa Ville
De Patrocle il vangeoit la mort.
Avec de moins vives attaques
Força les murs des Oxydraques,
De Thebes, de Gaze, & de Tyr,
Ce Heros, ce Foudre de guerre
A qui tout l'orgueil de la Terre
Fut contraint de s'assujetir.

Mais sa Bonté tarit les larmes
De ses plus cruels Ennemis ;
Et leur cœur se rend à ses charmes
Aussi-tost qu'il les a soûmis.
Dans le milieu des funerailles,
Sur le débris de leurs murailles
Que vient d'abattre son courroux,
Ils benissent cette journée,
De qui l'heureuse destinée
Les rangea sous vn joug si doux.

Grand Apollon, & vous Minerve,
Et vous incomparables Sœurs,
Vous par qui seules se conserve
Toute la gloire des Vainqueurs;
Dans ce Temple si magnifique,
De cette entreprise heroïque
Celebrez le beau souvenir;
Et d'vne si prompte Conqueste
Faites passer l'illustre feste
Dans tous les siecles à venir.

Sa Harangue à peine est finie,
Que Vulcan arrive avec bruit;
Vulcan, qu'à la ceremonie
Vn semblable zele conduit.
Pyracmon, le nerveux Sterope,
Et Bronte l'enfumé Cyclope,
Tous trois ennemis du repos;
Aprés luy portent la Statue,
Qu'on avoit long-temps attenduë,
De nostre invincible Heros.

Les chastes Vierges tressaillirent
A cet Objet si desiré ;
Et leurs tendres cœurs ressentirent
Un feu jusqu'alors ignoré.
On le pose au milieu du Temple.
Apollon se leve, & contemple
Ce Visage majestueux ;
Cette Fierté née à l'Empire,
Avec qui la Douceur conspire
Afin d'attirer tous les vœux.

Bien que l'Image soit formée
Du metal le plus precieux ;
L'Art, qui la rend toute animée,
Est un plus grand charme à leurs yeux.
Dans le Piedestal sont tracées
Toutes ses actions passées,
Et tous ses triomphes divers.
On y voit la Flandre soumise :
On y voit la Comté conquise
Au plus fort de tous les Hyvers.

Le Rhin par ſes Forts redoutable
S'y voit reduit en moins d'vn mois
D'vne ardeur à peine croyable
A ne couler que ſous nos loix.
LOVIS y franchit la barriere
Des flots qui bornoient ſa carriere,
Qui ſembloient la devoir finir ;
Et par cet effort heroïque
Du fier paſſage du Granique
Il efface le ſouvenir.

La ſeule terreur de ſes Armes
Luy ſoumet & Villes & Forts :
On voit la Hollande en alarmes
S'y cacher toute dans ſes Ports.
Mal aſſurée en ce refuge
Elle ſe fait par vn deluge
De moins acceſſibles remparts ;
Et croit que par le ſeul naufrage
Elle peut deſtourner l'orage
Qui l'inveſtit de toutes parts.

*Par vne adreſſe prevoyante*
*Le Dieu de Lemnos à l'entour*
*Laiſſa quelques tables d'attente*
*Pour tout ce qu'il doit faire vn jour ;*
*Mais il ébaucha par avance*
*D'vne prophetique Science*
*Dans vn plan que je n'entens plus ,*
*Des Forts pris , des Villes forcées,*
*Tantoſt des Aigles terraſſées,*
*Tantoſt des Lions abatus.*

*De cet inimitable Ouvrage*
*La Troupe ayant vanté le prix ,*
*Et d'vne ſi charmante Image*
*Flatté ſa veue & ſes eſprits ;*
*Apollon joint à la Couronne*
*Que la ſage Pallas luy donne ,*
*Le nouveau Laurier de* LOVIS.
*Il en ceint ſa Teſte guerriere ,*
*Et l'orne de tant de lumiere ,*
*Que les yeux en ſont éblouis.*

La Statuë ainſi reverée
Avec mille applaudiſſemens
Fut dans la Niche preparée
Miſe avecque ſes ornemens :
Tandis qu' Apollon & les Muſes
De lyres, clairons, cornemuſes,
Et d'autres inſtrumens divers,
Formerent vne ſymphonie,
A qui fut jointe l'harmonie
Que Clio meſle dans ſes Vers.

D'vn nombre infini d'Aventures
Ces Vers prediſoient l'avenir ;
Et c'eſtoient Enigmes obſcures
Dont j'ay perdu le ſouvenir.
Tout à coup les Muſes ſe tûrent :
Le Temple & les Dieux diſparurent :
Je me vis ramené ſoudain ;
Mais pour la marque indubitable
Que ce n'eſtoit ſonge ny fable,
Clio me mit ſa lyre en main.

*C'est par Elle que des Orphées*
*Esgalant les plus doux concers*
*J'éternizeray les Trophées*
*Du grand Monarque que je sers.*
*Vous , DAVPHIN·, à qui la Victoire*
*Promet vn jour part en sa Gloire,*
*Suivez ce chemin esclatant.*
*Imitez, tousjours son Exemple,*
*Et bientost vous serez au Temple*
*Où vostre Place vous attend.*

LECLERC.
De l Academie Françoise

I

www.ingramcontent.com/pod-product-compliance
Lightning Source LLC
Chambersburg PA
CBHW070913200626
46818CB00006BA/2503